# FÊTES DE LA LIBERTÉ,

ET

# ENTRÉE TRIOMPHALE

## DES OBJETS DE SCIENCES ET D'ARTS

## RECUEILLIS EN ITALIE.

---

# PROGRAMME.

---

A PARIS,

DE L'IMPRIMERIE DE LA RÉPUBLIQUE.

Thermidor an VI.

# FÊTES DE LA LIBERTÉ,

ET

# ENTRÉE TRIOMPHALE

## DES OBJETS DE SCIENCES ET D'ARTS

### RECUEILLIS EN ITALIE.

## PROGRAMME.

L'ENTRÉE triomphale des objets de sciences et d'arts recueillis en Italie, est fixée aux jours des *Fêtes de la Liberté.*

Deux jours seront consacrés à ces cérémonies.

Le premier jour, les objets seront reçus par le Ministre de l'intérieur, accompagné de l'Institut national des sciences et arts.

Le second jour, ils seront présentés avec solennité au Directoire exécutif.

### PREMIÈRE JOURNÉE.

I.

LE 9 Thermidor, à neuf heures du matin, tous les citoyens invités à composer le Cortége qui doit accompagner les Monumens antiques et autres fruits de nos conquêtes, se réuniront sur la rive gauche de la Seine, près le Muséum d'histoire naturelle.

Les Chars qui porteront les Monumens, &c., seront rangés sur le boulevart du sud, dans l'ordre qui va être prescrit pour la marche.

Ils seront ornés de trophées, de guirlandes et d'inscriptions.

II.

La marche du Cortége sera ouverte par un Détachement de cavalerie, et par un Corps de musique militaire.

Le Cortége et les Chars formeront trois grandes Divisions.

## I.re DIVISION.

En avant de cette Division, on portera une bannière, sur laquelle on lira :

*HISTOIRE NATURELLE.*

Viendront ensuite,

Les Professeurs administrateurs du Muséum d'Histoire naturelle ;

Les Élèves et Amateurs que ces Professeurs auront désignés, et auxquels ils auront distribué des cartes d'admission dans le Cortége.

Ces Élèves et Amateurs marcheront des deux côtés des Chars de cette Division.

Le premier Char portera des Minéraux ;

Inscription : *Chaque jour l'art y découvre des propriétés nouvelles.*

Le second, des Pétrifications de Vérone ;

Inscription : *Monumens de l'antiquité du globe.*

Le troisième, des Graines de végétaux étrangers ;

Inscription : *Elles multiplieront nos richesses et nos jouissances.*

Le quatrième, des Végétaux étrangers vivans ;

Inscription : *Cocotier, Bananier, Palmier, &c.*

Le cinquième, un lion d'Afrique ;

Le sixième, une lionne ;

Le septième, un lion du désert de Sara ;

Le huitième, un ours de Berne ;

( Viendront ensuite deux chameaux et deux dromadaires. )

Le neuvième, des outils, instrumens et ustensiles d'Agriculture en usage dans l'Italie;

Inscription : *Cérès sourit à nos trophées.*

Le dixième, deux blocs de cristal;

Inscription : *Don fait par les habitans du Valais à la République française.*

Un Détachement de troupes terminera cette Division du Cortége.

## II.e DIVISION.

La bannière qui marchera en avant de cette Division, portera pour inscription :

*LIVRES, MANUSCRITS, MÉDAILLES, MUSIQUE, CARACTÈRES D'IMPRIMERIE DE LANGUES ORIENTALES.*

*Les sciences et les arts soutiennent et embellissent la liberté.*

Viendront ensuite,

Un Chœur de Musiciens chantant des hymnes patriotiques;

Des Députations des Sociétés libres qui s'occupent de sciences et d'arts;

Des Députations d'Artistes des principaux Théâtres de Paris;

Des Artistes typographes;

Les Conservateurs des Bibliothèques publiques;

Les Professeurs de l'École polytechnique;

Les Professeurs du Collége de France.

Ces derniers porteront le buste d'Homère, posé sur un trépied antique.

Devant le buste, on portera une bannière, sur laquelle on lira :

*Sept villes se disputèrent l'honneur de lui avoir donné naissance.*

Au-dessous du buste sera cette inscription :

Ce Génie a créé son art et ses rivaux;
Il n'eut point de modèle et n'aura point d'égaux. (*Lebrun.*)

Les Professeurs des Écoles centrales suivront le buste du Poète.

Ceux de leurs Élèves qui se sont distingués dans leurs études, marcheront des deux côtés des Chars de cette Division.

Ces Chars seront au nombre de six, et contiendront des Manuscrits, des Livres rares, des Médailles, &c.

On lira sur les Chars les inscriptions suivantes :

1.re *Aliment du jeune âge et charme des vieux jours.*

2.e *Il ne faut pas loger la science, il la faut épouser.* ( Montaigne.)

3.e *L'ignorance ne convient qu'au despotisme.*

4.e *Laissons dire les sots ; le savoir a son prix.* ( La Fontaine.)

5.e *Donnez des fleurs, donnez ; j'en couvrirai ces Sages.* ( Delille.)

6.e *Vivre ignorant, c'est être mort.* ( Sénèque.)

Un détachement de troupes terminera cette division du Cortége.

## III.e DIVISION.

Sur la bannière qui sera portée en avant de cette Division, on lira :

*BEAUX-ARTS.*

*Les Arts cherchent la terre où croissent les Lauriers.* ( Lavallée.)

Viendront ensuite,

Un Chœur composé de jeunes Artistes, qui chanteront des couplets analogues à l'objet de la Fête ;

Les Artistes qui ont obtenu des prix dans les Écoles spéciales de peinture, sculpture, architecture, ou dans les concours ouverts par le Gouvernement ;

Les Administrateurs du Musée central des arts, du Musée spécial de l'École française, du Musée des Monumens français ;

Les Professeurs des Écoles de peinture, sculpture, architecture, et tous leurs Élèves.

Ces Élèves marcheront des deux côtés des Chars de cette division.

Sur une bannière qui suivra, on lira cette inscription :

MONUMENS DE LA SCULPTURE ANTIQUE.

La Grèce les céda; Rome les a perdus :
Leur sort changea deux fois; il ne changera plus.

Sur les deux premiers Chars, seront les quatre Chevaux antiques, de bronze doré, qui décoraient la place Saint-Marc, à Venise.

*INSCRIPTION:*

CHEVAUX TRANSPORTÉS DE CORINTHE À ROME, ET DE ROME À CONSTANTINOPLE; DE CONSTANTINOPLE À VENISE, ET DE VENISE EN FRANCE.

*Ils sont enfin sur une Terre libre.*

Sur le 3.e Char, seront placés Apollon et Clio;
Inscription : *Tous deux ils rediront nos combats, nos victoires.*
Sur le 4.e, Melpomène et Thalie.
Inscription : *L'une poursuit les crimes; l'autre les vices.*
Sur le 5.e, Érato et Therpsycore;
Inscription : *Elles consolent et charment les mortels.*
Sur le 6.e, Calliope et Euterpe;
Inscription : *De Pindare et d'Horace elles montaient les lyres.*
Sur le 7.e, Uranie et Polymnie;
Inscription : *L'univers obéit aux lois de l'harmonie.*
Sur le 8.e, Une Vestale portant le feu sacré;
Inscription : *L'amour de la Patrie est le feu sacré des Français.*
Le 9.e, l'Amour et Psyché;
Le 10.e, La Vénus du Capitole;
Le 11.e, Le Mercure du Belvédère;
Le 12.e, Vénus et Adonis;
Le 13.e, L'Antinoüs Égyptien, l'Antinoüs du Belvédère;

Le 14.ᵉ, Le Tireur d'épine, le Discobole;

Le 15.ᵉ, Le Gladiateur mourant;

Le 16.ᵉ, Le Méléagre et une Amazone;

Le 17.ᵉ, Trajan;

Le 18.ᵉ, L'Hercule Commode;

Le 19.ᵉ, Marcus Brutus;

Inscription : *Il frappa le tyran et non la tyrannie.* (Le Gouvé.)

Le 20.ᵉ, Caton et Porcie; Zénon;

Inscription : *Il faut cesser de vivre en cessant d'être libre.*

Le 21.ᵉ, Démosthène;

Inscription : *Des orateurs fameux le modèle et le maître.*

Le 22.ᵉ, Posidippe;

Le 23.ᵉ, Ménandre;

*INSCRIPTION:*

La Comédie apprit à rire sans aigreur,
Et plut innocemment dans les vers de Ménandre. (*Boileau.*)

Le 24.ᵉ, La Santé;

Inscription : *Compagne fidèle de l'homme tempérant.*

Le 25.ᵉ, Cérès;

*INSCRIPTION:*

Que Cérès des mortels soit à jamais chérie!
C'est le premier sillon qui fixa la patrie. (*Lebrun.*)

Le 26.ᵉ, Le Laocoon;

Le 27.ᵉ, L'Apollon du Belvédère.

Viendra ensuite une bannière, sur laquelle on lira :

TABLEAUX.

*Artistes accourez! vos maîtres sont ici.*

Le 28.ᵉ Char portera la Transfiguration de Raphaël, quelques autres de ses chef-d'œuvres, des Tableaux du Dominiquin, de Jules-Romain, &c.

*INSCRIPTION:*

ÉCOLE ROMAINE.

Raphaël, Dominiquin, &c.

. . . . . . . *Invente : tu vivras.* (Lemierre.)

Le 29.e, des Tableaux du Titien, de Paul Véronèse, &c.

*INSCRIPTION:*

ÉCOLE VÉNITIENNE.

Titien, Paul Véronèse, &c.

*Iris de ses couleurs embellit leurs palettes.*

Après les Chars, viendra le Buste antique de *Junius Brutus*, porté par des Défenseurs de la République.

Le Piédestal, ou l'Autel sur lequel il sera posé, aura pour inscription ce passage de Tacite:

*Rome fut gouvernée d'abord par des rois:*
*Junius Brutus lui donna la liberté et la République.*

On lira encore cet hémistiche de Voltaire:

*Rome est libre, il suffit.* . . . . . . . . .

Après le Buste de Brutus, marcheront les Commissaires envoyés en Italie par le Gouvernement pour la recherche des objets de sciences et d'arts.

Ils porteront à leurs chapeaux une plume tricolor, et à la main une couronne de laurier.

Un nombreux détachement de troupes fermera la marche.

## I I I.

Le Cortége s'avancera dans cet ordre, en suivant toujours les boulevarts neufs , ceux des Invalides , &c. , jusqu'au Champ-de-Mars.

Au moment de l'arrivée du Cortége, le Ministre de l'intérieur, entouré de l'Institut national des sciences et arts, sera placé aux pieds de la statue de la Liberté.

Des copies des statues d'Apollon et des Muses décoreront l'Autel de la Patrie.

D'autres copies des principales statues recueillies en Italie , et des trophées formés par les attributs des beaux-arts, décoreront toute son enceinte extérieure.

Tous les Chars seront rangés dans l'arène du Champ-de-Mars, sur trois lignes : les objets d'histoire naturelle, à gauche de l'Autel de la Patrie; les livres et manuscrits , à droite ; les monumens antiques et les tableaux, au milieu.

Les Membres du Cortége se réuniront en demi-cercle devant l'Autel de la Patrie.

Les Militaires formeront un autre plus grand demi-cercle autour des Chars.

Le buste de Brutus sera déposé sur un cippe devant la statue de la Liberté ;

Celui d'Homère sera placé sur un autre cippe, au milieu des Savans et Artistes qui composaient le Cortége.

## I V.

Le Conservatoire de musique fera une première répétition du *Poème séculaire* d'Horace, musique de Philidor.

Les Commissaires en Italie s'avanceront ensuite sur l'Autel de la Patrie, et remettront au Ministre de l'intérieur la liste des objets qu'ils ont recueillis.

Le Ministre, au nom des Savans et des Artistes, leur adressera des remercîmens pour les soins qu'ils ont pris de ces précieux objets dans leur long et périlleux voyage, à travers la chaîne des Apennins.

Le Conservatoire exécutera une *Ode* du C.en Lebrun, musique du C.en Lesueur.

Une salve d'artillerie annoncera la fin des cérémonies.

V.

Le soir, la Maison du Champ-de-Mars sera illuminée, ainsi que le Cirque.

Des orchestres seront placés dans la moitié de l'arène située vers la rivière.

Des danses termineront la Fête.

---

## SECONDE JOURNÉE.

I.

Le lendemain 10 Thermidor, à trois heures de l'après-midi, les Autorités constituées et Administrations qui sont ordinairement invitées aux Fêtes, se réuniront dans la Maison du Champ-de-Mars. ( Celles dont les Membres portent des costumes, y entreront sans avoir besoin de cartes. )

Les Ambassadeurs, Ministres et Agens étrangers, seront invités à se réunir aussi dans les salles qui leur seront destinées dans cet édifice.

Le Directoire exécutif s'y rendra, accompagné des Ministres, de l'État-major de la 17.e Division et de la Place.

I I.

A quatre heures, le Directoire exécutif et tout le Cortége iront de la Maison du Champ-de-Mars à l'Autel de la Patrie, par le côté oriental du Cirque. Une musique nombreuse jouera des airs patriotiques.

L'Autel de la Patrie aura conservé la décoration de la veille.

Le buste de Brutus sera au milieu.

Les Chars attelés seront rangés dans le Cirque, près des Termes.

## I I I.

Le Directoire et tout le Cortége ayant pris place, le Conservatoire de musique exécutera une symphonie, et ensuite l'*Invocation à la Liberté.*

Pendant ce temps, les Commissaires en Italie traverseront, avec les Chars, l'arène jusqu'à l'Autel de la Patrie : l'un d'eux portera un drapeau tricolor.

Les Chars se formeront en demi-cercle au-devant de l'Autel de la Patrie.

Alors le Ministre de l'intérieur viendra se mettre à la tête des Commissaires en Italie, et les conduira vers le Directoire.

Le Ministre de l'intérieur lui présentera les Monumens, et les Commissaires à la surveillance desquels ils avaient été confiés.

Le Président distribuera à chacun de ces Commissaires une médaille, sur laquelle sera gravée une figure de la France, et de l'autre côté cette légende :

Les Sciences et les Arts reconnaissans.

Le Conservatoire de Musique exécutera le *Poème séculaire* d'Horace, musique de *Philidor.*

Les Membres du Directoire descendront ensuite vers le buste de Brutus, et poseront sur son piédestal une branche de laurier.

Pendant ce temps, la musique exécutera le Chant du neuf Thermidor.

## I V.

Les Militaires répandus dans l'arène, exécuteront, dans l'espace réservé entre les Chars et la Maison du Champ-de-Mars, des manœuvres et évolutions.

Ensuite, un Aérostat orné de guirlandes et couvert d'inscriptions, enlèvera dans les airs les attributs de la Liberté et des Arts, et des drapeaux tricolor.

Après ces jeux, le Directoire et le Cortége retourneront par le côté occidental du Cirque, à la Maison du Champ-de-Mars.

Au moment où le Directoire lèvera la séance, le Conservatoire de musique exécutera le Chant du départ.

V.

Le soir on renouvellera l'illumination de la veille ; et il y aura dans le Cirque des orchestres pour les danses.

Arrêté le 4 Thermidor, an 6 de la République française, une et indivisible.

*Le Ministre de l'intérieur,*

François (de Neufchâteau).

# POLYMETRUM SATURNIUM
## IN LUDOS SECULARES.

### PROLOGUS.

ODI profanum vulgus, et arceo.
Favete linguis : carmina non priùs
Audita, Musarum sacerdos,
Virginibus puerisque canto.

### PONTIFEX.

Spiritum Phœbus mihi, Phœbus artem
Carminis, nomenque dedit poetæ.
Virginum primæ, puerique claris
Patribus orti,

Deliæ tutela Deæ, fugaces
Lyncas, et cervos cohibentis arcu;
Lesbium servate pedem, meique
Pollicis ictum;

Rite Latonæ puerum canentes,
Rite crescentem face noctilucam,
Prosperam frugum, celeremque pronos
Volvere menses.

Nupta jam dices : Ego dîs amicum,
Seculo festas referente luces,
Reddidi carmen, docilis modorum
Vatis Horatî.

## HYMNUS AD APOLLINEM.

### UTERQUE CHORUS.

DIVE, quem proles Niobæa magnæ
Vindicem linguæ, Tityosque raptor
Sensit, et Trojæ prope victor altæ
Phthius Achilles;

# CHANT SÉCULAIRE.

## PROLOGUE.

PROFANES, loin d'ici : venez, tendre jeunesse;
Le pontife du dieu des vers
Va faire entendre, en ce jour d'alégresse,
Des accens inconnus encore à l'univers.
Que le peuple en silence écoute nos concerts!

### LE PONTIFE.

Phébus, le dieu du Pinde, inspire mon génie;
Il m'apprit à parler le langage des dieux :
Venez, et secondez mes chants religieux,
Enfans du plus beau sang qu'honore l'Ausonie.

Et vous, vous que chérit la reine de Délos,
Qui voit le daim tomber sous le trait qu'elle lance,
Jeunes vierges, chantez, observez la cadence
De ces vers qu'inventa la muse de Lesbos.

Chantez d'un cœur pieux le beau fils de Latone;
Chantez avec respect la déesse des bois,
Qui protége nos champs, qui ramène les mois,
Et qui, pendant la nuit, de rayons se couronne.

Un jour du chaste hymen ayant subi les lois,
Vous direz : Je chantai, dans les jeux séculaires,
Un hymne solennel qui plut aux dieux prospères,
Et la lyre d'Horace accompagnait ma voix.

## HYMNE À APOLLON.

### LES DEUX CHŒURS.

O dieu puissant du Pinde, immortel Apollon,
Qui perças de tes traits le coupable Tityе,
Tu sus de Niobé punir l'orgueil impie,
Et ce héros qui fit chanceler Ilion!

Cæteris major, tibi miles impar;
Filius quamvis Thetidis marinæ
Dardanas turres quateret tremendâ
Cuspide pugnax.

. . . . . . . . . . . . . . . . . . . . . . . . . . . . . . . . .
. . . . . . . . . . . . . . . . . . . . . . . . . . . . . . . . .
. . . . . . . . . . . . . . . . . . . . . . . . . . . . . . . . .
. . . . . . . . . . . . . . . . . . . . . . . . . . . . . . . . .

Doctor argutæ fidicen Thaliæ,
Phœbe, qui Xantho lavis amne crines;
Dauniæ defende decus camœnæ
Lævis Agyeu.

CHORUS PUERORUM.

Dianam teneræ dicite virgines.

CHORUS PUELLARUM.

Intonsum, pueri, dicite Cynthium;

UTERQUE CHORUS.

Latonamque supremo
Dilectam penitùs Jovi.

CHORUS PUERORUM.

Vos lætam fluviis, et nemorum comâ,
Quæcumque aut gelido prominet Algido,
Nigris aut Erymanthi
Sylvis, aut viridis Gragi;

CHORUS PUELLARUM.

Vos Tempe totidem tollite laudibus,
Natalemque, mares, Delon Apollinis,
Insignemque pharetrâ,
Fraternâque humerum lyrâ.

. . . . . . . . . . . . . . . . . . . . . . . . . . . . . . . .
. . . . . . . . . . . . . . . . . . . . . . . . . . . . . . . .
. . . . . . . . . . . . . . . . . . . . . . . . . . . . . . . .

Vainement il était du sang d'une déesse ;
Sa lance formidable ébranlait les remparts :
Le plus vaillant des Grecs, le favori de Mars,
Dès qu'il t'osa braver, reconnut sa faiblesse.

. . . . . . . . . . . . . . . . . . . . . . . . . . . . . . . . . .
. . . . . . . . . . . . . . . . . . . . . . . . . . . . . . . . . .
. . . . . . . . . . . . . . . . . . . . . . . . . . . . . . . . . .
. . . . . . . . . . . . . . . . . . . . . . . . . . . . . . . . . .

Toi qui dans le Sirbès laves tes blonds cheveux,
Qui règles des neuf sœurs la divine harmonie,
Accorde quelque gloire aux muses d'Ausonie,
Jeune et bel Apollon sois propice à nos vœux.

CHŒUR DE JEUNES GARÇONS.

Chantez Diane, ô charmantes Romaines.

CHŒUR DE JEUNES FILLES.

Chantez, jeunes Romains, Phébus aux longs cheveux;

LES DEUX CHŒURS.

Et Latone si chère au souverain des dieux.

CHŒUR DE JEUNES GARÇONS.

Chantez Diane ; elle aime les fontaines,
Et du noir Apennin les épaisses forêts,
La fraicheur de l'Algide et les jeunes bosquets.

CHŒUR DE JEUNES FILLES.

Vous, célébrez Tempé, cette plaine charmante,
Et Délos, ce rivage où Phébus vit le jour,
Ce carquois d'or, parure éblouissante,
Et cette lyre si puissante,
Gage chéri d'un fraternel amour.

. . . . . . . . . . . . . . . . . . . . . . . . . . . . . . . . . .
. . . . . . . . . . . . . . . . . . . . . . . . . . . . . . . . . .
. . . . . . . . . . . . . . . . . . . . . . . . . . . . . . . . . .

UTERQUE CHORUS.

Phœbe, sylvarumque potens Diana,
Lucidum cœli decus, ô colendi
Semper et culti, date quæ precamur
Tempore sacro,

Quo Sybillini monuere versus,
Virgines lectas, puerosque castos,
Dîs, quibus septem placuere colles,
Dicere carmen.

CHORUS PUERORUM.

Alme Sol, curru nitido diem qui
Promis et celas, aliusque et idem
Nasceris, possis nihil urbe Româ
Visere majus!

CHORUS PUELLARUM.

Rite maturos aperire partus,
Lenis Ilithyia, tuere matres;
Sive tu Lucina probas vocari,
Seu Genitalis.

Diva, producas sobolem, patrumque
Prosperes decreta super jugandis
Fœminis, prolisque novæ feraci
Lege marita.

UTERQUE CHORUS.

..............................
..............................
..............................
..............................

Fertilis frugum, pecorisque Tellus
Spiceâ donet Cererem coronâ.
Nutriant fœtus et aquæ salubres,
Et Jovis auræ.

LES DEUX CHŒURS.

O blond Phébus, et vous, divinités des bois,
Radieux ornement de la voûte azurée,
O famille adorable et toujours adorée,
Dans ce jour solennel entendez notre voix.

Obéissant aux vers des Sibylles divines,
Les jeunes vierges de ces lieux
Et les jeunes Romains vont célébrer les dieux
Qui protégent les sept collines.

CHŒUR DE JEUNES GARÇONS.

Soleil, dont le char éclatant
Dispense et ravit la lumière,
Tu renais tous les jours, tous les jours différent,
Mais avec ta clarté première.
....................................
....................................

CHŒUR DE JEUNES FILLES.

Et vous, chaste Lucine, ou propice Ilithye,
Secourez la jeune beauté,
Dont le sein va donner la vie
Au fruit de son amour qu'elle a long-temps porté.

Déesse, de l'hymen soyez la protectrice;
Maintenez le décret propice
Aux vierges qui forment ses nœuds!
Puisse Rome, sous votre auspice,
Voir bientôt dans son sein naître un peuple nombreux!

LES DEUX CHŒURS.

.........................................
.........................................
.........................................
.........................................

Que la Terre aux troupeaux offre des prés humides!
Puissent du laboureur les champs combler les vœux,
Cérès d'épis dorés couronner ses cheveux,
Et les brebis timides
Respirer un air pur, boire des eaux limpides!

CHŒUR DE JEUNES GARÇONS.

Dépose ton carquois et ton arc redouté,
Phébus, daigne sur nous jeter un œil de père.

CHŒUR DE JEUNES FILLES.

Et vous, reine des cieux, au croissant argenté,
Des filles des Romains écoutez la prière.

LES DEUX CHŒURS.

.....................................
.....................................
.....................................

Dieux protecteurs; donnez des mœurs et des vertus
A notre docile jeunesse;
Accordez le repos à la froide vieillesse,
Le bonheur et la gloire aux fils de Romulus.

.....................................
.....................................
.....................................

Les Mèdes, effrayés par nos haches sanglantes,
Redoutent ce vainqueur de la terre et des flots.
Les nations de l'Inde, autrefois insolentes,
Attendent en tremblant l'ordre de ce héros.

La Vertu méconnue et l'austère Décence
Osent reparaître en ces lieux
Et mènent l'heureuse Abondance.

.....................................
.....................................
.....................................

Jupiter nous protége, oui, si j'en crois mon cœur,
Nos vœux des Immortels obtiennent la clémence :
Nous venons de chanter et Phébus et sa sœur,
Au sein de nos foyers remportons l'espérance.

PIERRE DARU.

# CHANT DITHYRAMBIQUE.

RÉVEILLE-toi, Lyre d'Orphée,
Enfante de nouveaux concerts;
Jamais, aux rives de l'Alphée,
Pindare ne chanta des triomphes plus chers;
Jamais plus superbe trophée
N'appela sur nos bords les yeux de l'Univers.

France heureuse, quelle est ta gloire!
Tu vois les chef-d'œuvres des Arts,
Conquis des mains de la Victoire,
Embellir tes nobles remparts.

Dans sa course immense et féconde
Le Soleil même est fier de ton auguste aspect.
C'est de toi que sortit la liberté du Monde;
Et le Monde vengé t'admire avec respect.

De ton char immortel préside à cette fête,
Dieu du Jour et des Arts, radieux Apollon;
Digne de marcher à leur tête,
Reconnais le vainqueur de l'horrible Python.

A voler sur ses pas les Muses empressées
Viennent s'offrir à nos transports,
La Nature, les Arts, le trésor des pensées
Qu'une main fidèle a tracées,
De leur triple conquête enrichissent nos bords.

France heureuse, &c. &c.

De talens créateurs quelle foule rivale!
Guidez, sœur d'Apollon, un Cortége si beau:
L'Olympe en est jaloux et n'a rien qui l'égale.

La toile a respiré sous le feu du pinceau;
Tous ces marbres vivans sont les fils du ciseau.
Devant leur marche triomphale
La Gloire agite son flambeau.

France heureuse, &c.

Beaux Arts, rois sans esclave, honneur de la Patrie,
Venez dans leur palais succéder aux tyrans;
Leur trône est abattu, leur mémoire est flétrie:
De l'immortalité sublimes conquérans,
La vôtre est à jamais chérie.
Venez dans leur palais succéder aux tyrans.

France heureuse, &c.

Jadis ces merveilles divines
Rome les enlevait aux Grecs industrieux;
Et dans la ville aux sept collines
Notre Mars enleva ces larcins glorieux.
Riche des dépouilles du Tibre,
La Seine triomphante et libre
Pour jamais les offre à nos yeux.

Du bonheur des Français que Rome se console:
Rome a vaincu par nous le pontife et l'idole;
Son génie est ressuscité;
Et les fils de Brennus rendent le Capitole
A son antique liberté.

France heureuse, quelle est ta gloire!
Tu vois les chef-d'œuvres des Arts,
Conquis des mains de la Victoire,
Embellir tes nobles remparts.

LEBRUN.

www.ingramcontent.com/pod-product-compliance
Lightning Source LLC
LaVergne TN
LVHW052033160826
845678LV00003B/1316

* 9 7 8 2 3 2 9 6 4 5 3 6 0 *